LLADD AMSER

BERNARD JACKSON
a SUSIE QUINTANILLA

Addasiad Eirlys Gruffydd

GWASG GOMER
1996

Argraffiad cyntaf—1996

ISBN 185902 466 1

Dymuna'r cyhoeddwyr ddiolch i Living & Learning (Caergrawnt) Cyf., Abbeygate House, East Road, Caergrawnt CB1 1DB, am eu caniatâd i gyhoeddi'r addasiad hwn o *Matter of Time* gan Bernard Jackson a Susie Quintanilla.

UNED IAITH GENEDLAETHOL CYMRU
CBAC

Cyhoeddwyd dan nawdd Cynllun Llyfrau Darllen Cyd-bwyllgor Addysg Cymru

Mae Uned Iaith Genedlaethol Cymru yn rhan o WJEC CBAC Cyf., cwmni a gyfyngir gan warant ac a reolir gan awdurdodau unedol Cymru.

Argraffwyd gan
Wasg Gomer, Llandysul, Ceredigion

Gwasgodd y meddyg y botwm. Canodd y gloch yn yr ystafell aros. Cododd dyn ifanc o'i sedd a cherdded i ystafell y meddyg.

'Bore da,' meddai'r meddyg. 'Eisteddwch. Sut fedra i eich helpu chi?'

'Dydw i ddim eisiau byw. Wnewch chi fy helpu i farw?'

'Beth sy'n bod arnoch chi?'

'Chi yw'r meddyg. Dwedwch chi beth sy'n bod arna i—os medrwch chi. Rydw i eisiau marw. Dydw i ddim eisiau byw. Mae bywyd yn boen.'

Edrychodd y meddyg arno dros ei sbectol.

'Rhaid imi gael gweld beth sy'n bod. Rhaid imi wneud archwiliad. Rhaid imi gael gwybod beth sy'n eich poeni,' meddai'r meddyg. 'Tynnwch eich crys imi gael gwrando ar eich calon yn curo.'

Dechreuodd y meddyg wneud yr archwiliad.

Gwrandawodd ar ei galon. Roedd popeth yn iawn.

'Faint yw eich oed chi?' gofynnodd i'r dyn ifanc.

'Dau gant . . .' oedd yr ateb.

'Beth? Peidiwch â siarad mor wirion! Dydych chi ddim yn edrych yn fwy nag ugain

oed. Dau gant oed yn wir! Peidiwch â gwastraffu fy amser i. Nid yma i ladd amser ydw i. Rwy'n ddyn prysur iawn. Mae gen i lond ystafell o bobl yn aros i'm gweld i . . .'

'Ond mae'n wir bob gair, credwch fi. Roeddwn i'n fachgen bach pan oedd môr-ladron yn dal llongau hwyliau a dwyn y cargo. Yr adeg honno roedd lladron pen-ffordd yn cuddio yn y coed. Roedden nhw'n ymosod ar y teithwyr ac yn dwyn arian, gemau a phethau gwerthfawr eraill. Rwy'n cofio gweld lladron yn cael eu crogi. Roedd eu tafodau'n dod allan o'u cegau. Doedd eu gweld nhw'n marw ddim yn beth braf . . . '

'Wedi gweld gormod o ffilmiau rydych chi!'

'Na wir. Roeddwn i yno. Wedi imi dyfu fe ges i waith mewn melin. Roedd pawb yn dod â grawn i'r felin i'w falu. Roedd dwy garreg fawr yn y felin ac roedd rhaid rhoi'r grawn rhwng y cerrig. Byddai dŵr yr afon yn troi rhod y felin a'r rhod yn troi'r cerrig. Wedyn byddai'r grawn yn cael ei falu a byddai digon o flawd i'w gael i wneud bara.'

'Mae pawb yn gwybod hynny. Mae plant yn cael eu dysgu am falu grawn mewn gwersi hanes yn yr ysgol.'

'Dydw i erioed wedi bod mewn ysgol. Dydw i ddim yn gallu darllen nac ysgrifennu. Dim ond pobl gyfoethog oedd yn cael ysgol yr adeg honno. Doedd plant tlawd ddim yn cael y cyfle i ddysgu dim.'

Edrychodd y meddyg arno. Doedd o ddim yn credu gair ond gadawodd iddo fynd ymlaen â'r stori.

'Mi wnes i briodi Gwen a chael tri o blant, dwy ferch ac un bachgen. Erbyn hyn roeddwn i'n felinydd—fi oedd perchennog y felin. Roeddwn i wedi dweud wrth y plant yn aml am gadw draw o rod y felin. Un diwrnod fe aeth Siôn, y bachgen bach, i bysgota yn yr afon. Fe syrthiodd i'r dŵr ac fe gafodd ei gario i lawr at y felin. Cafodd ei daro gan y

rhod. Wna i byth anghofio codi ei gorff bach o'r dŵr. Torrodd Gwen ei chalon. Ar ôl peth amser bu hi farw hefyd. Doeddwn i ddim eisiau bod yn agos at y felin wedyn. Mi es i i ffwrdd a gadael y merched.'

'Beth wnaethoch chi wedyn?' holodd y meddyg. Roedd o'n dechrau mwynhau gwrando ar y dyn gwallgof yma'n siarad.

'Mynd yn filwr, dyna wnes i wedyn. Ymladd yn erbyn y Ffrancod oeddwn i ac yn gobeithio cael fy lladd. Cafodd fy ffrindiau i gyd eu saethu'n farw, ond ches i ddim. Roeddwn i'n credu mai lwc oedd y cwbl ond nawr dw i'n gwybod na fedra i ddim marw. Fedrwch chi ddim lladd amser.

'Wedi'r rhyfel roedd llawer o bobl yn crwydro'r wlad. Doedd neb yn gofyn pwy oedd pwy. Fe ges i waith ar fferm. Roedd hi'n fferm fawr â melin ddŵr ar y tir a choedwig fawr o'i chwmpas. Cyn hir roeddwn i wedi priodi merch y fferm. Roeddwn i'n hapus iawn. Fe gafodd Mari bump o blant—tri bachgen a dwy ferch. Roedd y pump yn gweithio'n galed ar y fferm. Wedyn dyma nhw'n priodi. Aeth y merched i fyw i ffwrdd o'r ardal ond arhosodd y bechgyn yn agos at y fferm. Roedd y bachgen hynaf i gael y fferm a byw yn y tŷ. Roedd yr ail fab yn gweithio yn y felin ddŵr a'r trydydd mab i gael y goedwig.

'Aeth y blynyddoedd heibio. Aeth Mari i edrych yn hen iawn ond roeddwn i'n dal yr un fath. Roedd y bechgyn yn edrych yn hŷn na fi! Roeddwn i'n drist iawn o weld Mari'n mynd yn hen wraig fach gam. Roedd ei gwallt yn wyn a'i chroen yn llinellau i gyd. Wedi iddi farw dyma fi'n pacio ychydig o bethau mewn blanced a chlymu'r flanced ar ffon a mynd i ffwrdd.'

'Beth ddigwyddodd ichi wedyn?'

'Roeddwn i eisiau mynd i wlad arall. Dyma fi'n clywed fod angen dynion i weithio ar longau mawr. Es i chwilio am waith. Fe ges i swydd fel stiward ar long fawr iawn. Y *Titanic* oedd ei henw. Mae pawb yn gwybod beth ddigwyddodd iddi hi. Wrth gwrs wnes i ddim boddi. Fi oedd y person olaf i gael ei godi o'r môr—a doeddwn i ddim eisiau cael fy achub.

'Wedyn fe es i ymladd yn y Rhyfel Mawr. Fe gafodd miloedd eu lladd—ond nid fi. Roedd dynion yn cael eu saethu bob ochr imi. Roedd bomiau'n disgyn yn fy ymyl ond ar ddiwedd y rhyfel doeddwn i ddim gwaeth.

'Fe es i'n ôl i'r môr wedyn. Roeddwn i'n meddwl y byddwn i'n siŵr o foddi rywbryd. Roeddwn i'n dal ar y môr pan dorrodd yr Ail Ryfel Byd allan. Tair gwaith cafodd y llongau roeddwn i'n gweithio arnynt eu taro gan dorpido neu eu bomio gan awyrennau. Tair gwaith fe ges i fy achub o'r môr.

'Ers hynny rydw i wedi bod yn chwilio am aur yn Ne Affrica ac yn ffermio defaid yn Awstralia. Rydw i wedi bod yn chwilio am olew ym Môr y Gogledd. Nawr dw i'n gyrru ceir rasio i Ferrari. Hyd yma dydw i ddim wedi cael damwain—yn anffodus.'

'Pam rydych chi eisiau marw, a bywyd mor

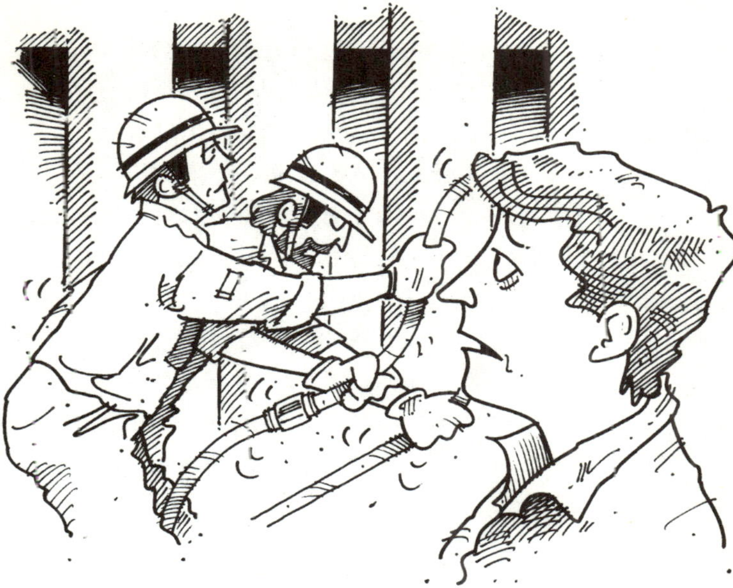

braf? Dydw i ddim yn deall y peth,' meddai'r meddyg.

'Rydw i wedi blino byw. Mae'r amser yn hir. Fedrwch chi fy helpu?'

'Ydych chi eisiau i mi eich lladd? Ydych chi eisiau i mi ladd amser?' gofynnodd y meddyg â gwên.

'Ydw. Wnewch chi fy helpu, os gwelwch yn dda?'

Edrychodd y meddyg arno'n hir cyn ateb.

'Fe gewch chi dabledi gen i. Maen nhw'n siŵr o'ch lladd chi ond fydd neb yn gallu dweud beth fydd achos eich marwolaeth.

Rhaid ichi gymryd y tabledi dair gwaith bob dydd. Fyddan nhw ddim yn gweithio'n syth. Bydd rhaid ichi aros iddyn nhw weithio.'

'Beth fyddan nhw'n ei wneud imi?'

'Mi fyddan nhw'n eich helpu chi i fwynhau byw. Fyddwch chi ddim yn poeni am unrhyw beth. Mi fydd bywyd yn felys iawn. Mi fyddwch chi'n teimlo fel byw am byth . . .'

'Ond dydw i ddim eisiau byw am byth!'

'Pan fyddwch chi wedi peidio â phoeni am fyw mi fyddwch chi'n siŵr o farw. Fe gewch chi weld.'

Aeth y dyn ifanc allan o'r ystafell. Roedd papur yn ei law.

Daeth y meddyg allan o'i ystafell. Aeth at y ferch oedd yn ei helpu.

'Welsoch chi'r dyn ifanc yna aeth allan funud yn ôl?' gofynnodd.

'Do, siŵr.'

'Faint oedd ei oed o?'

'Tua phump ar hugain?'

'Roedd o'n dweud fod o'n ddau gant oed!'

'Beth?'

'Oedd wir. Roedd o eisiau imi roi rhywbeth iddo i'w ladd o.'

'Beth oedd ar y papur oedd ganddo i fynd i siop y fferyllydd?'

'Papur yn dweud wrth y fferyllydd am roi tabledi siwgr iddo fo, dyna i gyd.'

Yr wythnos wedyn roedd llun damwain yn y papur newydd—damwain mewn ras. Roedd gyrrwr ifanc tua phump ar hugain oed wedi cael ei ladd ar ganol ras bwysig. Doedd yr heddlu ddim yn gwybod pwy oedd y dyn. Roedden nhw'n methu dod o hyd i'w deulu. Roedd o wedi marw wrth iddo yrru yn syth i fewn i wal. Roedd yr ysbyty'n dweud fod ganddo lawer gormod o siwgr yn ei waed!